NOIRAM ET TIAN

Spécial Saint Valentin

par Christian VIDAL

CHRISTIAN VIDAL

TABLE DES MATIÈRES

Du Tantra (Osho)
Special slow sex
Protection de joie
Clairmarais
Petites annonces
Lapant des mies !
Chtite annonce
A l'aube du péché.

ET JE VOIS VOS ÉPAULES

Vos cheveux en bataille
et le nez qui frémit
annonce les semailles
du bon blé de la vie.

Je serai moissonneur
de vos deux hémisphères
en calice de chœur
d'une église de faire.

Et je vois votre épaule
dans le nu de sa grâce
ouvrez moi donc le pôle
que j'y brise la glace !

Je serai laboureur
et prendrai de la peine
en plaisir de mot cœur
par un feu de vers l'aine…

Et je vois votre épaule
et j'ouvre enfin mes bras
Pygmalion caracole
en poitrine d'émoi.

réf-19122020 - 55 de 10

DITES LE AVEC DES FLEURS

Dites le avec des fleurs
Effleurez la du dire,
comme d'être le moqueur
qui voudrait être sire !

Et la reine en jupons
nous cache son délire
et tout le saint flonflon
de son corps en désir.

Dites le avec des fleurs
Effleurez la du dire
SMS du mot cœur
à l'instant du soupir.

Et la reine du pompon
au manège du frire
accorde à sa passion
de ce qu'on la fait rire.

Dites le avec des fleurs
Effleurez la sans fuir
le bonheur pâmoison
est un songe du cuire…

Réf-19122020 - 7 de 11

EN DÉSIR SOUTERRAIN...

Enivré de plaisir
la pluie tape au dehors,
je n'ai point pu sortir
et je jubile au corps

C'est une douce extase,
ambroisie de pensée
Faut-il que je me rase
quand je suis trop pressé.

Je sens monter la fièvre
en désir souterrain,
en soulevé de plèvre
en force de l'airain.

Ainsi je laisse aller
en une langue incertaine
le fruit de mes pensées
pour une petite reine.

C'est un beau châtiment
que d'être gouverné
par le cuir éreintant
d'une dame en effets.

je succombe à la nuit
de nos premiers tourments
vous jouirez sans bruit
par le feu de l'amant...

Réf-19122020- 11 de 12

UNE FEMME EN JACHÈRE

Semailles de printemps
d'une femme en jachère !
je suis le paysan
d'une terre nucléaire !

Il faut parfois le temps
d'un silence d'accomplir
pour que renaisse en cent
le permis du désir...

Une femme en jachère
c'est le temps espérant,
qu'un crapaud sur la terre
devienne un charmant !

Et le prince des noces
est un vieux soupirant,
il n'a pas de carrosse
et perd même ses dents !

Mais il a de la grâce
et sait prendre le temps
de monter en palace
les acmés des beaux chants.

Et cet homme de fer
en faveurs d'expérience,
plaît aux femmes en jachère
en saveurs jouissance.

Réf-20122020 - 42 de 5

LES AUBES DE NOUS

Envie d'être ton mâle
pour te faire trop de bien
en caresse animale
je suis ton assassin.

Je me suis réveillé
comme un peu dans tes bras
visage émerveillé
que j'aime dans les draps.

Le printemps du poète
déjà lui reverdit
en printemps de la fête
Il est ragaillardi !

Tu es dans mon visage
le rougi de mes joues
et j'aime ton corsage
serai-je donc jaloux ?

Et l'amour mille fois
je te l'ai déjà fait
en parure de foi
de l'été des sonnets.

Viens donc ici mon âme
que je baise tes pieds

pour ranimer la flamme
de ton cœur velouté...

réf-20122020- 10 de 4

UN BONHEUR DÉJÀ FOU

Un bonheur déjà fou
inonde ce jardin,
en lieu de rendez-vous
pour nos cœurs de catin.

Par le froid de l'hiver
nous sommes réchauffés
des malheurs de la terre
et des inimitiés.

nous marchons en chemin
d'une pure vérité
nous tenant par la main
des sensualités.

et ton regard amène
vient se perdre dans le mien,
d'une brise légère
en portée de satin.

Et nos cœurs se soulèvent
tu me prends dans tes bras
en princesse de Clèves
délestée de tracas.

Nous marchons sans un bruit
riant de nos disputes
il est déjà minuit
et la bête est en rut...

réf-20122020 - 26 de 4

DOUCE ERMELINE,

J'ai bien sur madame changé votre prénom en respect de l'incognito que vous me demandez mais sans nul doute vous vous reconnaîtrez de ce que nous partageons en distance le même amour des mots.

Ainsi donc je viens vous confesser de mes péchés à votre encontre de ce folle nuit déjà passée avec vous au drapé de nos imaginaires. La soirée était déjà bien engagée, lorsqu'à me raie pondre , je vous ai vibré dans mon propre corps jusqu'au bonheur intense d'apprendre et de découvrir que nous sommes "fées" l'un pour l'autre.

Ce n'est certes pas d'un coup de braguette magique que la chose a eu lieu. Casanova sur le retour, il m'arrive bien encore de taquiner les ablettes au détour d'une caresse qu'elles ont envie de me prodiguer. Mais je suis d'ores et déjà libéré, de par mon histoire, de la contingence du besoin, et mon énergie sexuelle, ma libido, ma kundalini a pris le chemin de son autonomie à circuler de haut en bas et de bas en haut. La chose de la chanson dit vrai ! Cela fait des choses, des choses douces et roses....

Je suis la Liane, vous êtes la Folie. Ah moins

que que ce ne soit le contraire ! Je vous
aime autant en Diane qu'en Vénus...

Ecoutons, si vous le voulez bien , notre bonheur
partagé : https://youtu.be/VpoVRECwomQ

Malheureusement ce matin, je suis contraint,
et je dois vous quitter, vous laisser mais sans
vous délaisser. Je reviendrai vous délacer car ma
confession n'est point évidemment terminée, il
y aurait besoin de toute une vie pour vous conter
mes travers, mes infortunes et tous les autres
pinacles que dieu a bien voulu me faire vivre.

Je vous reviens bientôt, en discrétion, et en étalage
de toute la mâle titude dont je suis capable.
Saviez-vous que je suis poissons ascendant
scorpion avec qui plus est Mars en exaltation et
Mercure en exil , ce qui me confère une douce
allégeance au dardillon de votre astrale sérénité.

Je vous baise la main, à défaut d'autre chose.
A manquer de merle, nous nous contenterons
de grive. Et comme la grive est quelque peu
grivoise, nous en aurions bien du plaisir.

A tantôt , mon épousée de la fesse
cachée de la lune....

Votre xTian - 22012020 - 48 de 11

ET MES MOTS TE PÉNÈTRENT

Et mes mots te pénètrent
et réveille ton âme,
de l'Amour inconnu
je réveille la flamme.

C'est un arc de triomphe
tout là haut dans le ciel
et je ris quand tu ronfles
en bonheur essentiel.

Et je te vois rêver
en ton corps alanguie
en Vénus dressée
d'un an neuf sous le gui.

Je soulève le voile
de tes appâts conquis
et je reste vestale
de ton corps assoupi.

En bien-aimé de l'âme
je te glisse un sourire
dans le feu de tes charmes
je recherche l'inspire.

Tu es donc la beauté
que l'on dit intérieure,
et ma langue en baiser
te caresse le coeur...

Réf-20122020 - 12 de 6

J'EUSSE AIMÉ

J'eusse aimé écrire aujourd'hui quelque chose en rapport avec la fête de mon centenaire (quoique ma page facebook,, l'art plumitif de Tian indique autre chose (1958 - 2042) . C'est toujours unheimlich (inquiétante étrangeté) quand on prédit l'âge de sa mort. Mais cela dit à quel point la pudeur vient parfois se loger dans le creux des reins. Le "je " est haîssable disait Pascal. Du coup je reviens sur cet instant de 8 mars et ma façon à moi de le célébrer en poésie. alors voci un texte écrit pour une amie qui a depuis trouvé résilience entre les amours bafoués de l'enfance et la vie des femmes en maternité. A elle, A vous (vous les femmes, façon Roulio de l'Essuie-Glace) mais aussi à tous les mecs qui laissent germer en ce pré-printemps leur part de yin...

LE BONHEUR DE TON CREUX

Viens donc te promener
en nature d'hiver
au solstice des fées
et des dieux de la terre.
Nous choisirons un arbre
et graverons notre amour,
comme si c'était du marbre
à bien faire la cour...
Je te prends dans mes bras
pour que tu me câlines
en jour d' etcetera
du soleil qui domine.
Et tu seras la lune
de mes joies sans tourments
dans l'avenir des runes
Je suis incandescent.
je brûle de mille feux
en passion d'accomplir
le bonheur de ton creux
où je viens me gésir.
Et je te ferai reine
de tous tes vieux printemps

dans le sillon des veines
provoquées par le temps.
réf. 20122020 - 12 de 5

LES SITES LIBERTINS

Je vais à l'incendie des sites libertins
en une fleur au fusil qui cherche ainsi son teint.

Trouverai-je mon aimé dans le feu érotique
d'une femme fusée en bonheur esthétique.

J'aime le ramonage des feux de cheminée
et malgré mon grand âge je suis tout animé !

Et mon coeur se confond d'une
chaleur en guimauve
pour les cons si profonds de l'énoncé du love !

Tout ceci est fantasme et mérite tape cul
pour l'acmé de l'orgasme, jouissance du fût !

Me voilà enivré de subtiles extases,
et je suis délivré par le jouir en phase…

xTian - 112020. Poèmes classés X

UN BONHEUR DÉJÀ FOU

Un bonheur déjà fou
inonde ce jardin,
en lieu de rendez-vous
pour nos cœurs de catin.

Par le froid de l'hiver
nous sommes réchauffés
des malheurs de la terre
et des inimitiés.

nous marchons en chemin
d'une pure vérité
nous tenant par la main
des sensualités.

et ton regard amène
vient se perdre dans le mien,
d'une brise légère
en portée de satin.

Et nos cœurs se soulèvent
tu me prends dans tes bras
en princesse de Clèves
délestée de tracas.

Nous marchons sans un bruit
riant de nos disputes
il est déjà minuit
et la bête est en rut...

réf-20122020 - 26 de 4

DOUX FLONFLON

J'aime le doux flonflon
vibrato de la voix !
je le vis en frisson
comme si c'était moi...

UNE FEMME EN GUÊPIÈRE

Une femme en guêpière dans le bien épilée
photographie légère, de l'élan volupté !

Elle est ainsi offerte à nos yeux avisés
cérémonie en perte d'humidité perlée !

Ensuite elle se retourne et nous
sommes subjugués
de ces courbes qui tournent en regard enivré.

Et le zoom sur sa croupe est un acte profond
Mouillée jusqu'à la coupe, d'une fente en sillons !

Y aura-t-il hallali de cette beauté sublime
A jouir dans un cri en infini d'ultime ?

On meurt à chaque fois des soupçons d'érotisme
en vertu de mille fois du bonheur échangisme.

J'admire la guêpière d'une belle à se faire,
serai-je le gay pied de toutes ses affaires ?

JE LA PRENDS HOMO.

En bouteille d'encre à la mer, une femme
écrit : Sur ta peau, j écrirai des mots
dans la langue de l amour ...

Je la prends homo et lui répond en goéland:

et je te laisserai faire, et puis à mon tour, en pointe
subtile du feutré , j'inscrirai à fleur d'épiderme la
joie que me procure tes émois, la joie que j'éprouve
à me dire, à te dire, à nous enduire l'un et l'autre
de la plus profonde volupté calligraphique. Je
t'aimerai en majuscules, en suspension de points,
en interrogation de langage du je galant...

et puis j'ajoute:

Je crois que c'est Anaïs Nin dans "la mer des
mensonges" qui a dit " si je ne me crée pas un
monde par moi-même et pour moi-même, je
mourrai étouffée par celui que d'autres définissent
pour moi. J'aurai envie d'ajouter que le langage
est un bien essentiel pour que nous puissions
passer du monde d'apprêts au monde de l'Avent,
pour simplement renaître à nous même, encore et

toujours… xTian , poète à ses heures et de 5 à 7 :-)

PRENONS LE TEMPS D'AIMER

En des souvenirs de pente
et plaines du désir,
pour l'amour de la fente
et le fruit du gésir...

Prenons le temps d'aimer
et de bien faire jouir,
sur le lit allongé
d'un éternel soupir...

LA FEMME EST UN CADEAU

La femme est un cadeau
Présentons nos hommages,
Évitons le fardeau
Et le poids du mariage !
Ouvrons grand' la fenêtre
Montrons nous en oiseau,
Pour le sens de la fête
Du plaisir tout de go !
Mais avant de saisir
La belle en son royaume
Offrons lui du désir
A bien croquer la pomme !
La femme est un cadeau
Déplions son corps sage !
Butinons la mollo
Ne tournons pas les pages !
Il faut prendre son temps
Pour aller au ruisseau,
Marguerite effeuillant
Sans vitesse de sot !
Dégrafons le bouton
Du déshabillez moi,

Découvrons le fronton,
Les mystérieux appâts !
La femme est un cas d'eau
Baignons nous pas à pas,
De cette robe fuseau
Que le Léo chanta !
Soulevons les rideaux
Et les toiles légères,
Chantons nos trémolos
Pour le feu des bergères !
Et avant de conclure
Le pacte de l'amour,
Respirons la fêlure
Des lumières du four !
La femme est un radeau
Quand nos yeux se médusent !
Par le grain d'une peau
Dans la joie de l'amuse !
Il faut montrer du doigt
Avant même de toucher,
Le buste est un coma
Pour le coeur dépassé !
Détaillons le repas
Du loup qui va manger !
Ferons nous en Vespa
Un tour pour s'allonger ?

Référence – La femme de queer –
04052020 – 50 de 15

LA BÊTE DE WALERIAN BOROWCZYK (1975)

La bête de WB est de ceux ci, un film érotico-pornographique à l'ancienne sauce post-soixante huitarde. Je l'ai revu à Noël (!) et je me suis régalé . Le film est à la fois kitch et baroque, la musique y fait beaucoup. Mais l'histoire reste reste (et oui il y a un scénarion) : c'est le mythe de la belle et la bête qui est revisité au piquant de l'érotisme. Si il y a bien sur la fameuse scène de la poursuite , un cunni de légende (je ne spoile pas !) , le film est bourré d'humour. Borowczyk débute très fort car en début de pellicule, nous assistons à la monte d'une pouliche par un fringant étalon rocco sifredien (!) (et si freudien peut-être !) .

L'HABITAT PARTAGÉ

C'est l'histoire d'une bonne amie qui
me dit un jour ; "ce soir je vais à une
conférence sur l'habitat partagé"
Alors je lui réponds : "sur la bite à partager" ?
Elle enchaîne : "oui, oui , sur l'habitat partagé"
Alors je rétorque d'un sourire : "ah !
si c'est sur la bite à partager , ça doit
surement être très intéressant"...

xTian , extrait du manuel de
l'incommunicabilité entre les êtres...
0102021 - 20 de 17

ALORS ELLE
EST PARTIE

Alors elle est partie
tout ça c'est compliqué
tout en papier jauni
car je m'étais cassé.

Alors elle est partie
et moi j'étais lit vide...
Oreiller sans abri
en soupçon de co-vide

Alors elle est partie
je n'étais plus que vide
dans ce bain de minuit
où le nu est sordide.

Alors elle est partie
et m'a laissé son trou
en instant de folie
où j'étais à genoux

Alors elle est partie
elle m'a laissé son trou
et je la remercie
de ce vide qui est tout....

Alors je suis heureux
et même épanoui
en amour de fleur bleue
d'un hiver qui jouit...

xTian, 01022021 - Alors elle est partie - 8 de 20

TÉTONS DRESSÉS

Tétons dressés
Je m'en étonne
et toi tu tâtes
dans l'à tâtons
ce ton têtu
qui t'ensorcelle...

je la sais louve
et je descends
du seul cran
que je me connaisse
d'oser
un rappel
vers la toison
soyeuse
de cette femme qui rit
déployée de la gorge,
je vais au gouffre
comme l'on va
à confesse
et ma langue
lui débite
en cure
de volupté
toutes les caresses

inavoués
et solitaires
de mes nuits
sans sommeil
quand soudain
titillant
son oignon
je me souviens
des croûtons
des pommes de terre
et du fromage
que je dois acheter
au supermarché
pour gratiner
notre souper....

xTian - 02022021 -
Le siestus interruptus de la
ménagère de moins de 50...

SOUS LE CHARME

Sous le charme en silence
en tombée de la nuit,
la nature en vaillance
écrit le paradis.

Bien sur c'est une femme
un soleil ébloui,
j'en récite des gammes
en des notes incendie.

Bien sur elle me réchauffe
et me laisse alangui,
serai-je son Orloff
en cochon qui gémit ?

Heureuses retrouvailles
d'une simple rencontre,
dans le destin les mailles
nous récitent le conte...

Elle parle à mon âme
et soudain je fléchis,
Elle est belle la femme
qui m'invite à la vie...

xTian - 21012020 - 28 de 21

C'EST À PARLER D'AMOUR

C'est à parler d'amour
Qu'un beau jour on le fait
Je serais bien dur si
Vous en aviez envie
Je serais bien dur si
Vous vous mettiez aussi
C'est à parler d'amour
Enfin c'est des promesses
Je n'ai rien d'un têtu
Faut-il que l'on soit nu
Pour l'amour d'une fesse ?
C'est à parler d'amour
Plutôt que de le faire,
Je serais bien sur mis
A me mettre sur vous
Faut-il que ça soit dit
Pour en goûter le tout ?

C'est à parler d'amour
Je serais bien sur pris
A m'émettre dans vous
Faut-il que je sois gris
Pour me saouler de vous...

Quand le corps indiffère
Qu'il a pris trop de coups
Il nous reste les vers
Alors buvons un sou !
C'est à parler d'amour
que je fêle en quatrain.
C'est à Léo Ferré
Que je puise mes effets,
Je baise de mes mains
Sa lyrique putain...

xTian - non daté

TEMPÉRATURE

Je te donnerais
Mon cœur
Mon âme
Et mon corps

Je m'enlacerais
Dans tes cheveux d'or
Je m'endormirai
Au creux de ton corps

Je te donnerais
Mon cœur
Mon âme
Et mon cul....

xTian - non daté

DIS MOI

Dis moi où tu vas
Et je te suivrais
Dis moi où tu pars
Je te rejoindrai...

Dis moi quand tu veux
Dis moi quand je viens
Je vois dans tes yeux
Qu'ils aiment les miens

Dis moi quand tu peux
Je ferme les yeux
Dis moi quand tu viens
Je dors sur tes seins...

xTian , non daté

LA DUPERIE

La duperie c'est bien que sachant ce que l'homme veut , la femme lui offre en images ce qu'il veut voir. Mais ce faisant elle s'oublie , comme une mère attentionnée à ses enfants dans une bonne famille catholique - Madame rêve , dit Bashung - et pas seulement de formes oblongues. elle rêve tout court de la satisfaction de son désir. que dieu fasse qu'elle le trouve en elle-même, qu'elle le partage, et qu'elle en élabore dans le cérébral , un discours, une parole. Celle de la jouissance. C'est tout ce que j'attends de mes partenaires libertines . Et dans le slow sex, j'accepte aussi celles qui ne peuvent dire, celles qui restent mutines et mutiques. Plus on attend la délivrance, et plus elle explose en bouche ! Je ne fais par là que reprendre une image du culinaire...

xTian dit RainbowMan , petit oiseau
de toutes les couleurs

SOLEIL TOUCHANT

C'est un soleil touchant
qui pointe le printemps,
A l'horizon seyant,
nous n'avons plus vingt ans.

Et même dans l'allant
nous sommes éphémères,
S'aimer beaucoup j'espère
ça prend aussi du temps...

Un soleil aquatique
doré par la lumière,
Une pile électrique
vibrante de tonnerre.

Des jouets érotiques
mais qui n'en ont plus l'air,
Le feu qui se bouscule
et monte en un éclair...

Elle me dit t'as la flamme
et je réponds brasier,
Poisson pris dans la nasse
comme dans un casier.

Numéro exotique
au cirque de tes rêves,

Dansant un tour de piste
comme en ayant la fève.

Une senteur phallique
à l'ombre de mes draps,
Je te cherche dans la couette
mais où sont donc tes bras ?

Et mordant l'oreiller
je cherche ton Alhambra,
Cité imaginaire
que j'effleurai du doigt

xTian - été 2019

JE SUIS UN DAMOISEAU

Je suis un damoiseau
pour belle jouvencelle
à tinter des grelots
pour vous donner des ailes !

Vous n'avez qu'à passer
je couillerai la fente
d'être bien allongé
pour que la chose rentre !

En position levrette
j'aimerai vous doigter,
tout au bord de la couette
pour bien vous régaler !

Ainsi votre séant
sera très fort niqué !
d'avaler tout le gland
une fois bien enfoncé !

Je vous ferai minette
à tout bien vous languer
car j'ai pour la nénette
un goût très prononcé !

Profitez de mon art
d'aimer dans la manière,
car il est un cul rare
c'est celui de naguère !

Baisez donc mon corps
Baisez donc moi encore,
A bien me raie jouir
Vous ne sauriez souffrir !

Le cul est un dessert
Pour fin de bon souper,
Je vous aime légère
En crème fouettée...

xTian – 2018

LETTRE D'AMANT

J'adore à faire rougir
les flancs et puis les reins
dans le commandement
de l'aime qui châtie bien.

En dehors de l'esbroufe
vous me savez câlin
pour l'amour de la touffe
celle qui me le rend bien

!La saveur de votre âge
c'est bien d'être catin,
à bien branler la queue
prenez la dès demain !

Vous êtes mon étourdie
et je suis votre chien,
j'aime votre fourbi
au milieu du bassin !

De n'être point l'époux
je reste votre amant,
et c'est à votre mou
que je parle crûment !

Ainsi sans retenue
je vais élégamment,

écarter votre cul
et le tancer gaiement !

Si les mots du poète
vous mènent au firmament,
c'est que dans votre tête
vous aimez cet instant.

Et queue dans mes éloges
il y a du printemps !
le plaisir de la jauge
c'est ce que femme attend !

Et dans l'effarouché
de tout votre incendie
je suis le doux pompier
de ce bain de minuit !

Nulle femme fut plus flattée
que vous en ce domaine,
que d'être bien baisée
tout en tenant les rênes !

Car si les mots parfois
dépassent l'intention
vous attendez en reine
le fruit des pâmoisons !

Et d'être bien couverte
lorsque vous êtes nue,
il faut bien vous la mettre
en vis et en vertu !

Ainsi ce qui s'effleure

dans le bon sentiment,
c'est un jet de bonheur
qu'on avale goulûment

Et si pour mes vestiges
vous fondez prestement,
à ranimer la tige
vous prendrez du bon temps

A vous de bien savoir
ce que veut votre con
dans l'ode là du cœur
et le feu des passions.

Si la bite gouverne
toujours elle se fond,
dans le pli de la reine
après la bandaison !

Ainsi tout se finit
et ensuite recommence,
et pour votre balcon
quand voulez-vous qu'on danse ?

xTian - Recueil Poèmes classés X – 2018

JE SERAI FAN DE HUE !

C'est une vraie joie Madame
que d'avoir votre faune
en couleur de soleil
au chapeau de l'étonne !

Je serai fan de Hue !
de monter à dada,
à votre tohu-bohu
avec mon tagada !

Sachez bien cependant
que pour toucher pistil
première nuit pour le flanc
ne suis homme facile !

Vous rêverez longtemps
de nos simples effeuillages
en vertu d'un amant
et de sa fleur d'âge...

J'irai vous fureter
défaire quelques boutons,
à me montrer gourmand
dans le diapason !

Je rendrai à vos grâces
aussi du laissez faire
à ouvrir ma crevasse
jusqu'au feu du derrière !

Et nous serons séants
en chaleur de l'aube
vous aurez jus devant
et puis moi de mon zob !

J'ai donc la bite en fleur
mon sourire à vos lèvres,
de ce printemps de cœur
au bouton de vos fièvres !

Voyez donc mon prépuce
il ronge bien son frein !
Il vous sait en astuce
pour mon souverain bien !

Il faut que je vous glisse
mon bonheur sentiment,
aurez vous donc le vice
de venir en criant ?

xTian, alors RainbowMan - 05022021
- 11 de 14 - je serai fan de Hue !

KIKI

Parfois je kiffe
si ça m'excite
Je kikiffe
et après
je kisse
voir même
je kikisse....
et je glisse...

Qui n'en veut ?

xTian - Le Dico de Rainbow -
06022021 - je suis un cas

ANATOMIE D'UN COUPLE

je pars en voyage , la belle me sourit et elle est zébrée de bleu et blanc. Quand elle est à la mer , manifestement elle se détend, offrant ses petites pointes à l'air du temps qui la fouette. Parfois , il me plairait de la voir jouer la mère Noël et de lui montrer mon petit papa du même nom. D'autant que pour l'exhibition , elle aime en rajouter de ses tétins et son homme d'âge indique que pour le Sugar Daddy, elle kiffe sa race.

Madame entête en tétée ! Très entêtée de ses auréoles. Pour moi qui n'est point sucé la mère en mes très jeunes années, c'est un plaisir de combler le manque. Et je crois bien qu'avec son coquin c'est un jeu d'exhibition très soft : pas un château de France et de Navarre semble y échapper.

Ces deux là ont assurément de l'humour, ils voyagent de Glandieu aux sucettes des Bornes en passant par le Relais du Gland. C'est dire qu'ils ont bien le cul dans la tête et les organes turgescents d'une bonne vie de couple équilibrée. J'ai beaucoup ri à les fouiller de fond en comble . ils allient l'utile à l'agréable de la gastronomie , des coucougnettes à la cave de la petite culotte, ça monte et ça descend jusqu'à cette visite de Montcuq…. ce qui reste à mon niveau plus qu'un fantasme…

Ils ont leurs petits moments de folie, mais là encore vous souffrirez du divergent en strabisme à les reluquer, Madame n'est pas du genre d'avoir un sein qui dit merde à l'autre , ils se séparent pour mieux vous omnubiler…

Sous la douche, nous découvrons un petit plus de Madame. elle est en profil certes , mais nous augurons sans être voyants que son petit cul est un régal. elle à l'air d'en savoir en jouer, comme un instrument de tournis. Et ce qui ne gâche rien c'est que la mise en scène, s'effectue dans un festival de couleurs que le RainbowMan que je suis, ne peut décemment renier…

vous l'imaginez donc , Madame ne porte jamais de soutiens-gorge, une bonne économie pour le budget du ménage. D'autant que Monsieur semble, selon une photo savoir la soutenir de ses mains vigoureuses. alors du Mont saint Michel aux montagnes skieuses, le voyage se poursuit….

RainbowMan - 06022021 - Anatomie d'un couple.

ELOGE D'UN PEU DE FRUSTRATION

07022021 - L'éloge d'un peu de frustration

Ah Madame , ah ma douce Chérie; ah ma
Liber-butineuse, ah ma Vegan !

Déjà deux nuits que nous évoluons en volupté
de l'un à l'autre, à nous tapoter sur nos peaux
respectives les tatouages d'un bonheur réciproque.
Hier encore, c'est à dire ce matin (!), nous avons
encore franchis un palier supplémentaire sur
l'escalier des acmés que nous rendons à Esculape !

Et ce cul lape ? me demanderez-vous à
l'occasion. Je vous acquiescerai d'un non, mais
que bien au contraire ce cul là peut….

Les choses de la vie s'éclairent entre nous :je suis
votre Rainbow et vous ma Pouliche de crinière.
De ce côté vous êtes bien raidie de votre blondeur
et c'est dans le naturel vegan que la cuillère
s'est imposée à mon esprit, comme la première
des introductions nécessaires à notre discours
switchéen des bonnes manières libertines.

Nul doute qu'après que vous ayez condescendue

d'offrir votre croupe poulinière aux attributs
de piment rouge excité dont je suis affublé, que
j'aurai plaisir à vous contenter, de vous exposer
mon charnu pour tous les biens et sévices que
vous seriez tentée de lui administrer. Je vous
sais "executive woman" et prince d'Eon au ciel
de nos réjouissances, j'aimerai juste bénéficier
de votre expérience et de votre ça voir fer en
mains de vœux lourds à tout prendre.

Déjà, en matin de réveil , je m'étais surpris
d'un violacé glandu de bonne facture et
proportion. J'en ai rêvé, vous me l'avez fait !

Ma queue, Madame, dans les absences
présences que vous lui infligez au foisonnement
de votre semi-épilation , vous agrée de
sa gratitude à pouvoir se frotter au drap
rouge de notre couche nuptiale. Ah qu'il
est bon de consumer avant mariage !

Souvenons nous que ce quantique temporel
nous échappe, et que nos malheureuses
charpentes humaines à jouir, ne trouvent refuge
que dans de petits symboles audacieux.

Un chapeau, une clé, un fût, une caisse, un doigt
dans le trou du fût, une main entre les caisses !

C'est en geste d'arrière train et en distance
si à Sion, que nous posons maintenant les
premiers pieds à prendre pour le reste de plaisir
qu'il nous reste à saisir au pays du futur.

J'entends bien par là , vous en tendre encore et Angkor dans le trou de mes oreilles. vous me les remplissez autant de vos bavardages liquéfiés que de votre sûreté habile à bien m'expliciter toutes les exigences de votre féminité.

Je vous quitte déjà, car j'ai à foutre en ce beau dimanche ! Je vous baise ainsi les niniches. Vous êtes bien la seule, Madame, à savoir ce que cela peut signifier...

Votre Renne Beau Manne
Compagnon de la Libération du Grand
Traîneau de Feu du 24 décembre 8436.

PAROLES DE
FEMME #1

Lorsque la nuit venue
se forgent les orgasmes,
sommes nous les inconnues
du pays des fantasmes ?

Lorsque l'âme s'ébroue
du fangeux quotidien,
le plaisir est à vous
du corps que l'on détient.

Dans le tout bien sombré
des dédales de l'âme,
on prie pour des curées
qui dans le ciel s'exclament.

Des cris ou bien des râles
se traduisent en fumets,
dont la beauté exhale
les vapeurs du peaucier.

Comme un chant de tristesse
un doux miséréré,
s'échappe des abbesses
en tenue d'Eve alliée...

xTian / Rainbow - 2018 - poèmes classés X

PAROLES DE FEMME #2

Et le rauque du mâle
est un spasme dédié,
à ce serpent crotale
du verbe défoncer !

Plus rien n'est sur la terre
qu'un intense brasier;
de nos corps en colère
au pied des libertés.

C'est ainsi que naguère
il n'y avait de guerre lasse
qu'à jouir dans le taire
où les corps se prélassent.

Il est une rivière
à l'automne finissant,
qui de part sa matière
est un vœu florissant.

Il respire le sabre
du fougueux des amants,
toute en puissance glabre
du foutre des encens.

xTian / Rainbow - poèmes classés X

RÊVERIE D'HIVER

A ma mie, voilà qu'à siester
ma rêverie m'amène à votre personne,
et que d'une dureté naissante
le reste de mon corps
se met à fondre
je coule Madame
tout comme vous,
dans vos bras.
Précisément....

MÉTAMORPHOSE

Dans mon coeur tout le ciel
et passait les nuages,
dans des vibrants soleils
de la force de l'âge.

Dans mon coeur tant de ciel
et grondait les orages;
de ton rire en merveille
égorgé de corps sage.

en mon cœur dans le ciel
dont tu es l'apanage,
en sourire étincelle
de ramage et plumage.

Et puis il y eut la pluie
dans mes yeux inondés,
dans le feu de mes nuits
noir soleil qui brillait.

Entre pluie et soleil
une lune est venue,
me donna l'arc en ciel
que je suis devenu...

xTian / Rainbowman - 12022021 - 1 de 21

PRÉLIMINAIRE #1

Son regard Angkor sage
est en seins de vertus,
et par le feu des nages
ils se montrent pointus.

Ainsi dressés vers moi
ils ravagent mes sens,
et pour ce bel émoi
manquerai-je d'essence ?

J'irai au goutte à goutte
de cette poitrine oblongue,
en amour sans déroute
pour sucer sans les ongles !

Et puis je pincerai
les tétons endurcis,
aréoles de l'été
d'un bronzé qui reluit.

Et je vous pétrirai
la mamelle saillante,
et puis je loucherai
du côté de la fente....

xTian rainbowman - 12022021 - 19 de 21

PRÉLIMINAIRES #2

Spécial Kylie Minogue

Près lit dites-vous ?

Préli minou
Préli mi-nerf !
Préli mi-nous
Préli beaucoup !

Prêt lit minois
Prêt lit vaudou ?
Près lit mana
J'en deviens fou….

Prêt lit Killy
Préli Minogue !
Près lit exquis
j'sors mon églogue !

Prélimine où ?
Prélimine d'or !
Prélimine nez ?
Eliminé…..

Préli mi-mou
Préli minet…
Près lit délit ?

J'sors mon fusil !

Près lit six coups
près du mi-nuit
Préli folies
de ton os mou !

xTian Rainbow - 13022021 - 37
de 9 - Préliminaires #2

LITURE À TERRE #1

Et le désir s'accroît quand l'effet se recule.

Pierre CORNEILLE. Polyeucte.

Quand les fées se reculent ?

oui, mais alors….
comment veux tu
comme en voeux tus
que je t'encule ?

oui mais alors….
comment veux tu
comme en veux tu
que je tends cul !

xTian Rainbow - 13022021 - 47
de 8 - Liture à terre # 1

LA LITURE À TERRE (QU'EST CE QUE .... ?)

Liture à terre
Un mot de Lacan
Un mot de lâché
Une déconstruction
pour monde d'après
Plus de temps
plus d'Avent
plus d'après
plus d'Avant
plus d'apprêts
que du pendant !
alors j'ose dire
alors j'ose rire
Mais cependant
que je durcisse !
Mets ce pendant
que j'euh....

xTian Rainbow - 13022021 - Liture
à terre #2 Hic et Nunc

LE JOUR LE PLUS CON

Cette douleur qui revient
et qui crie dans le coeur
un amour de vaurien
qui prolonge les pleurs.

Dans ses fils barbelés
la plage était divine
je me suis emmêlé
dans ses liens de coquine.

C'est le jour le plus long
de toute cette année,
c'est le jour le plus con
de nos âmes damnées.

Mourir en fait vrillé
dans le froid et la neige,
pardessus désarmé
et le flanc couleur beige.

Reverrai-je le printemps
en ultime seconde,
pour le joui saignant
de l'amour d'une blonde ?

xTian / Rainbow - 14022021 - 11
de 12 - S'faire des films #1

PAROLES DE FEMMES #3

C'est une messe rare
qui nous porte aux nues
d'un ciel de candélabre
dont la cire est fondue !

Et parmi les tentures
de tous les devenirs
s'exhibe la censure
d'un édenté sourire.

Car pour vaincre la mort
il n'y a ici bas
que les pièges du sort
d'un amour de gala.

Et lorsque les sirènes
du peuple humidifié
se congèlent de haine
nous en sommes libérés.

Et tous les veaux sincères
et les boucs studieux
ont pour seul adversaire
les temples du bon Dieu.

Quand un oracle vient
il est coup de tonnerre
sur les bonheurs païens
et les couples en jachère !

xTian Rainbow / Poèmes classés X

SAINT VALENTIN

Saint Valentin
A l'horizon superbe,
il n'est qu'un devenir
Et à toujours courir,

il suffit d'être là.
Vogue les souvenirs
en coquille de noix
Je ne suis plus martyr,

j'ai perdu mon effroi.
Et c'est à se suspendre
dans le lit de tes bras,
que demeure une nuit

conçue comme un appât.
Je pars à la rencontre
de ce qui fut ici,
Comme un instant futile

de toi qui fut mon nid.
Et comme le matin
on soulève les draps,
C'est un bond qui se lève

et claque ainsi ses doigts.
Quand le coeur prend la fièvre

et rugit aux abois,
On sent monter la sève

pour encore une fois !
Ô terre qui s'établit
dans le débarquement,
Elle est à nouveau libre

et court les amants !
Et dans le feu charmé
de tous ses prétendants,
C'est le corps qui délivre

l'âme de son tourment.
Par la gauche et la droite
en allant regardant,
Je fraye mon destin

et passe du bon temps.
A nul autre pareil,
le miroir se défend,
Je t'aime et j'en suis fier

même si j'ai plus vingt ans....

xTian - Rainbow - Saint Valentin 2014

UN AMOUREUX TRANSI

Un amoureux transi
de vapeurs souveraines
au brasier des folies
du désir qui enchaîne…

Quand c'est le corps qui parle
le coeur est gouverneur,
bonheur de cathédrale
où résonne le chœur.

Un amoureux transi
perdu dans le mystère
de son corps dévêtu
et de sa jambe en l'air

Quand c'est le corps qui parle
il anone ses frissons,
il chante le saint Graal
de l'amour pâmoison…

XTian / Rainbow - 15022021 - 51 de 20

CASANOVA DE RETOUR

C'est un je de l'oblong
et des formes transverses
pour qui le saute-mouton
est une belle averse.

Sous les parapluies bleus
je viens remplir mon sot,
par tous les ventrebleu
des fées de mon berceau !

Ce conte pour adultes
est un joyeux fatras
qui par le bec de flûte
éloigne tous les rats.

J'en connais des ratons
qui ne sont pas laveurs
et qui pour rogatons
se lèvent de bonne heure !

Ils ont les dents sévères
de la force d'envie,
et leurs yeux de vipère
ne savent dire oui.

Leur corps est si malingre
que le temps s'en enfuit
insecte de la dingue
ils sont bénits oui oui.

Ils chantent le t'inquiète
de leurs frasques en furie,
pour mendier leur assiette
de tout le perverti.

Elle est triste la mer
de ces moutons partis,
et se noie dans un verre
à peine dégluti.

Si ce n'est la romance
de l'amour abruti,
il est de bienséance
que de taire tout ce bruit.

Car c'est l'irréversible
qui nous dicte sa loi,
la mort est non miscible
même en acte de foi.

Une rime insouciante
qui se voudrait légère
et qui par indolence
vous montre sa colère !

Ce que les âmes nées
du ferment de la fente
ont de plaisir inné

à gouverner l'infante.

Ainsi je n'écris pas
c'est la main qui me dicte
tout ce galimatias
qui rêve de la bite !

Une distinction suprême
qui se remplit de joie
d'un bonheur en phonèmes
pour les reines d'en bas.

Je suis à l'inconscient
de tous les théorèmes
même les plus constants
dans les feux de bohême.

Je suis l'espace nu
gouverné par l'essence,
de toute l'inconnue
des vecteurs de la chance.

Ah mon Dieu je ramone
des pages sans m'arrêter,
sans que l'on me sermonne
de cette immensité !

Au fil des connaissances
je reste tant attaché,
que mon vide est intense
au regard du passé.

Quel est ce don d'écrire
qui suffit au bonheur,

d'un œuf en poêle à frire
que je connais par coeur?

De vous rien ne s'exige
qui ne soit déjà là,
comme une source vive
à l'orée de vos bras.

Quelque soit mon regard
dans le bleu de l'immense
je suis tel un vieillard
en aube saine essence !

Quelque soit le côté
par lequel je me farde,
je suis dans le succès
de mes pensées blafardes.

Je suis le convolé
de toutes les justes noces,
comme prêt d'aboyer
pour protéger mon os !

Elle est ma réussite
une fleur d'orchidée
et par la chose écrite
elle ne peut se faner.

Est ce la fleur du mâle
de ce monsieur Baudelaire
ou la rime fatale
qui s'élève dans l'air?

Jamais ne fut brutal

d'une si grande haleine
posée sur un étal
de belle châtelaine.

Je suis en mon château
comme un seigneur d'à plat
qui fond sur le tableau
en poète coutelas.

Et la cérémonie
qui s'érige en secret
vient d'une bonne amie
qui se prend pour la fée.

Dans le creux de sa main
se tient un objet rare
un coeur dont le destin
s'élève comme un phare.

Et si nul n'est tenu
aux bonnes fins de me croire
voyez donc l'avenue
de ce sentier de gloire.

Dans le précipité
des choses de la vie
la lenteur en succès
est un parfum qui luit.

xTian Rainbow / Poèmes classés X – 2019

PETITE COMPTINE

un deux trois
je vous mets un doigt
quatre cinq six
dans la raie qui glisse
sept huit neuf
mouillette dans l'oeuf !
dix onze douze
c'est l'heure de la touze !

xTian / Rainbowman - 16022021 - 54 de 8

MARIE-LIGNE

Marie-Lignes couvertes en bouche de métro
Elle est là, découverte des fans dollar déco

On la dirait La femme, une vierge insoumise.
Une caresse d'âme qui chercherait Venise

Elle vit n'importe où, dans la lueur des hommes
Son sourire est vaudou et chasse les fantômes

Elle prie, elle exulte, et se fend du genou
Son corps est un tumulte qui brise les tabous

Et son poupou puits doux résonne à mes oreilles
Elle chatouille sans loup le plat de mes orteils.

Elle se meurt en limite à l'horizon vosgien
Dans le bleu de mes yeux qui
n'attendent plus rien...

xTian / Rainbow - 2017 - Expo années
fifties - Hôtel de Ville de Valenciennes.

PETITE LAPINE

sur un air de comptine...

Petit lapine a un gros grain
elle le taquine dans son jardin ...
Saute, saute, saute petite lapine
Danse, danse, danse sur ma p.....

Petite lapine a un gros grain
elle se le frotte tous les matins....

xTian /Rainbow 18022021 - 57 de 15

C'ÉTAIT JUSTE
UN BAISER

C'était juste un baiser, j'ai pas voulu le rendre,
c'était juste un baiser que l'on m'avait donné…

C'était une surprise et mon dos frissonnait,
c'était juste un baiser qu'on m'avait envoyé.

j'ai pas voulu le rendre juste le conserver,
dans le ciel de l'éprendre le chemin est fléché.

J'ai bien voulu donner quelques lignes en caresse,
comme un feu de flambée en parfum de tendresse.

C'était juste un baiser de ses lèvres gourmandes,
et mon arc est muet au ciel bleu de l'étendre.

c'était juste un baiser , il m'a éclaboussé….

xtian / Rainbow - 18022021 - 37 de 17

POÈMES
LIBERTINS #2

J'aime les monts pelés qui respire le lisse
et puis le doux fendu quand le baiser s'y glisse
je lui parle ma langue et dit des mots étranges
j'isocèle en triangle quand ton corps me démange.

Et puis je vais plus loin, je soulève les cuisses
pour un pli de genou pour un peu je dévisse,
je caresse plus bas, jusqu'à prendre ton pied
sachant que tu rendras au bon dieu ses offices.

Je te prends et te tourne comme
pour te contempler,
et partout sur ta peau, fourmillent les baisers,
je te prends, je te tourne, comme pour te contenter
dans un élan fougueux je perce ton secret.

Te voilà haletante ne sachant plus oser
je te sers ma tournante, grand soleil retourné,
et ta lune brillante par embruns du mouillé
se dissout dans ton ventre en instinct du vibré….

xTian / Rainbow - 18022021 - 21 de 19

LA TRIQUE-MADAME
(SEDUM ALBUM)

C'est là sans doute la fleur des
messieurs candaulistes....

La trique-madame fut consommé (!) jusqu'au
12éme siècle , principalement en salade.

La trique proviendrait d'une
déformation de trippe-madame.

Tripper voulant dire sauter, chers
messieurs , je suis à votre disposition...

Rainbow

A vous demander d'où je sors ça, je dirai que le
poète en moi a pris tant de râteau , qu'il en est
devenu jardinier. Et comme l'on tire toujours
savoir de ses échecs, ce matin j'ai envoyé
un petit courrier à une amie que je trouve
belle plante avec en intitulé de message :

Puis je vous proposer la botte Annick ?

POÈME LIBERTIN #3

j'aime sa voix suave qui vient me titiller
les zobs des oreilles lorsque le soir venu
la mélancolie slave est toute en retenue
même si je viens offrir la parure de mon cul

Prenez moi donc Madame, usez de ma vertu
car si j'aime à couvrir, le plaisir n'est pas tu,
car à bien vous jouir , je sonne l'ange élu
prenez donc mon hostie, car elle
n'est point velue….

Vous serez donc surprise de ce don si gracieux
qui pourrait vous mener dans l'au-delà des cieux,
Votre désir me gaine, la queue toute bien tendue
Prenez donc cette aubaine, et foutez moi au cul !

Pensez que mes mots doux ont
un but dans l'ultime
serai-je le variant de votre vie intime ?
je ne suis qu'un vit russe, et je chante le voeu
de ma faiblesse ultime au plaisir de vos yeux….

xTian / Rainbow - 19022021 - 45
de 13 - Poèmes libertins

FRAGILE

Mélancolie profonde qui ravage les sens,
tout au fond de la gorge et dans le bas du ventre,
Je te pleure aujourd'hui comme
un bonheur d'absence
de ce temps qui s'enfuit et qui cherche la transe.

Je te sais malheureuse et je ne peux rien faire
tout au fond des joues creuses
un regard s'est perdu
C'était un bel amour orné du satisfaire
et mes mots de velours désormais ne sont plus.

Alors mes yeux inondent ce deuil en précipice
et je chute à l'avenant de ton corps en refrain,
Rengaine de nos ondes et des feux d'artifice
dans ce ciel en tourment où je n'ai plus de mains.

Et je te sais au loin de ce monde illusion
fondue dans le matin des chagrins d'adoption
J'ai perdu mon courage et je n'ai plus la foi
et mon coeur en dommage n'a
plus rien d'un pavois….

Tian / Rainbow - 19022021 - 27 de 23 – Fragile

DE L'IRRÉVÉRENCIEUX

Les couilles biens écartées et le verbe bien dur
je viens au raviné pour franchir votre mûre.
Et d'une main experte, je taquine le goût jonc
pénétrant dans la chair par le doux de l'oignon.

Et ainsi vous cambrez par nature l'orifice
que je viens ausculter par l'outil de mon vice !
Je vous entends gémir dans le ça va ça vient
oseriez-vous blêmir par ce flanc qui vous ceint ?

Je vous verse mon obole dans le chaud du pétrin
et je meurs en glory hole, seriez vous ma câtin ?
A demander l'aumône, vous êtes raie compensée
Et mon vit vous assure toute l'immensité...

xTian / Rainbow - 20022021 - 39
de 12 - Poèmes libertins

A L'OURLÉ DE LA FENTE

A l'ourlé de la fente
qui bruisse la cerise,
je suis dans l'haletante
d'un orgasme de crise !

Adieu les hystéries
et vive le plaisir,
de ce doit qui en vit
vous taquine en zizir !

J'aime les fruits juteux
à pulpe d'abricot,
serai-je l'amoureux
de ce jeu en tripot ?

Je mise ma chemise
et je baisse ma culotte;
aimez-vous ce qui grise
en parfum de gougnotte ?

Vous voilà toute humide
serai-je votre esclave,
en beauté de numide
pour romaine de lave ?

Je me ris de savoir
votre soie toute émue,
aurai-je bon vouloir
pour lécher votre cul ?

xTian / Rainbow - Poèmes libertins # 5 - 24 de 14

Gougnotter ; un verbe souvent utilisé par Pierre Louïs pour désigner l'action de cunnilinguer...

INTIMITÉ

vous restez en timide
pour nous parler du con,
seriez-vous zone humide
d'évoquer l'ultrason ?

Parfois on vous devine
au détour des rougeurs,
qui s'affiche en mimine
aux fossettes du coeur.

Montrez votre poitrine
et soyez bien altière,
à chevaucher la pine
en belle cavalière !

Redressez votre buste
et souquez du trognon,
Arrosez donc l'arbuste
faites bouillir l'oignon !

Reprenez votre haleine
Retournez vous maintenant;
Offrez nous votre veine
en raie cul de sillon !

Vous nous épanouirez
au jeu de vos fredaines,

Venez donc bien gicler
au rein beau et vers l'aine…

xTian / Rainbow - 21022021 - 5 de
15 - Poèmes libertins #6

BAS BORD....

Petite mousse d'eau douce qui fleure l'air marin
pour une peau en secousse,
pompon de l'ode airain.

il tangue et se fourvoie d'une pine bien fière
Pouvez-vous l'adouber de par votre derrière ?

Vous aurez grand mérite à bien tout avaler
ce qui sort de la bite dans le flux des marées.

Allez-y à tribord et tenez bien le gland
Couillez nous à bâbord de votre joli flanc !

Et le pieux moussaillon au plus fort de l"écume
en deviendra marteau à taper sur l'enclume !

Vous aurez de la chance ainsi d'être foutue
en lave d'existence du plaisir en reflux....

xTian Rainbow - 20022021 - 15 de
15 - Poèmes libertins #7

PETIT DIAL DE RÉVEIL ÉROTIQUE

Wiche, piche-louloute, lézard, autant de jolis petits noms que les chansons délurées et délictueuses des fanfares du carnaval de Dunkerque s'appliquent à porter aux nues des parapluies des bandes de carnavaleux.

toujours présent pour le rentrer !
Et pas pressé de l'retirer !

Ou bien encore :

Il a mis d'la poudre
Sur son piche-louloute
C'est pour cacher ses boutons !

AU BORDEL DE
TON CUL

Au bordel de ton cul je viens vider ma rente,
et toi tu n'en peux plus de ce vit qui te hante !
Allons chez le notaire, bouffons lui la cravate,
pour tes seins monte en l'air qui
frémissent de l'âtre !

Te voilà goulûment toute en gorge profonde
à pomper le tourment des notables à la ronde !
Quelle jolie partouze cette forme féconde
qui par le cul riant est le bonheur des blondes !

Mais aux fruits de la lune , les glaouis se régalent
et les culs de nos brunes, jouissent sans égal !
ainsi le monde va de nos rimes en culbute
allons y de ce pas, et ne soyons pas pute !

Car il faut du gratuit pour tancer les derrières
en hasard de fortuit de parties jambes en l'air !

xTian / Rainbow _ 20022021 - 27
de 15 - Poème libertin # 8

VIEILLE BRANCHE

J'entends sonner mes cloches au jardin des vertus
faut-il que je sois moche pour y être reclus ?
J'ai pris tant de râteaux à devenir jardinier
j'aimerai mourir en haut au ciel du déniaisé.

Je me souviens naguère de ma belle jeunesse
et toutes les tripotées de culs et puis de fesses.
Et sous le ciel de France , les averses pleuvaient
dans le lit de mes transes en des crues renversées.

Je suis atteint par l'âge où les passions s'éteignent
pour le feuque maille as et ses calembredaines,
Poète de l'amour je suis chant de sirène
on m'entend alentour sur les festins de reine.

si je reste coquin c'est que je suis cocu
mes rimes de quatrain ont trop de poils au cul !
il faut être épilé du moindre poil de couille
sinon on peut rentrer de la chasse bredouille !

J'entends sonner mes cloches au jardin des vertus
faut-il que je sois moche pour y être reclus ?
J'ai pris tant de râteaux à devenir jardinier
j'aimerai mourir en haut au ciel désincarné.

xTian / Rainbow - 21022021 - 17
de 3 - Poème libertin #9

NB: l'arbre à pénis, espèce endémique du Costa Rica (nom latin : Socratea ; vive la philosophie !)

TANTRA MESSAGE

Cette énergie sublime qui se met à monter
et détruit les Abymes en unique volonté.

Elle nous vient de la terre et pénètre le sexe
en amour d'éphémère en français dans le texte !

C'est la Kundalini, énergie libido ;
elle est en infini et grimpe dans le dos.

Energie du yin yang pour les amants heureux
épilation rectangle , Pythagore est aux cieux !

Et ainsi elle transcende les vertus de l'amour
et détruit par les cendres, les miasmes du toujours.

amour sublimation qui tue le possessif
et promeut à foison le tout du jouissif !

XTain / Rainbow - 21022021 - 18 de
13 - Poèmes libertins #10

SEXUELLE HABITUDE

Sexuelle habitude qui me prend dans les bras
en souci d'interlude à finir raplapla…
J'aimerai vous donner l'agricole mérite !
Pour peu que vous suciez les contours de ma bite.
Je suis lit révérend et j'aime dire la messe,
au fond du con bouillant en intime de fesse….
Seriez-vous conquérante des attributs du mâle ?
je pousse pour que ça rentre sans vous faire de mal !
Et voici que ça glisse suçant mon ski glacé,
en gorge précipice dans le bien enfoncé !
Vous êtes délicieuse et j'aime votre bavé !
sur ma nouille douce heureuse
jusqu'au pli à curer…

xTain / Rainbow - 21022021 - 33 de
13 - Poèmes libertins # 11

LENT GAGE DE L'AMOUR

A l'aube du matin, je suis au paradis,
et comment je le sais ? Un oiseau me l'a dit….

Hier j'ai écrit le poème libertin #12 ; la bite en
fleur, une ode au printemps. Et puis j'ai décidé
de ne pas le publier. Une page est tournée.
Car c'est lassant et trop facile d'écrire des
cochonneries. Remise à zéro des compteurs…

Alors tout recommence. Par une anecdote dans
un dialogue où un lapsus est venu s'immiscer :
"tout c'est toi". Elle me répond : "c'est joli". Alors
j'ajoute "t'inquiètes, je ne l'ai pas fait exprès".

Sérendipité dépitée ? Peut-être. Je n'en sais rien,
mais ce tout c'est toi flotte encore dans mon
esprit au point d'avoir besoin de le philosopher:

Pour un certain nombre d'hommes, la femme
est un trou. Cela dit leur ignorance. Ce n'est pas
très folichon l'ignorance, mais il y a nécessité
de partir de là pour arriver à avancer. Même si
ce n'est que de trois fois rien. Trois fois rien, en
mathématique, c'est proche de la nullité….

Qu'est ce qu'un trou ? C'est un rien avec du plein autour. Pour faire joli parfois on y met aussi du poil. Ce qu'il faut voir précisément , c'est que ce trou qui est un rien, constitue un tout pour l'homme. Le tout de la jouissance. Une jouissance exacerbée pour ceux et celles qui s'y adonnent. Être rien c'est déjà beaucoup. C'est l'antithèse de Beckett dans sa recherche de l'épuré du langage. Trouver rien, ce n'est pas rien trouver. C'est même exactement le contraire, dans l'au-delà de ce que cela représente de tensions à l'infini de l'espace et du temps.

C'est comme ça que je suis devenu - moi aussi - un trou. Un insondable mystérieux. Une part, peut-être la seule, irréfutable de qui je suis. Et dans ce trou il y a mon cas d'havre de paix. Dans l'havre et dire ! Et seule, comme toujours, la vérité s'enfuit et nous glisse entre les doigts. Devant ce vide qui se constitue d'être nous, en tant que sujet.

Et dans l'après tout de la rédaction de ce texte, je me suis peut-être troué. A ne rien fumer, j'ai sans doute rencontré Dieu....

xTian / Rainbow - 23022021 - 8 de
7 - Lent gage de l'Amour.

QUATRAIN DU RIEN

je me lève, je pense à ma belle, et
je me mets à chanter ;

J'ai besoin d'aimer
J'ai besoin d'amour
Besoin de donner
Un peu tous les jours...

Rainbow - 24022021 - 12 de 9 -
les quatrains du rien

BELLE HISTOIRE

hou hou
es-tu ?
je viens te chercher....

Dédicace de "maintenant je reviens" à une belle amie qui m'envoie ce lundi un sms : "j'ai passé un week-end de love". Waouh c'est joli non ? C'est une amie indéfectible, elle m'appelle "Son Tian" enfin pour elle c'est "mon Tian" comme un symbole que je lui appartiendrai d'un peu comme un jésus de chair en hostie qui se démultiplierait en noce de Cana , par le dit vin du sang et le péché de la chair. Moi ? Comment je l'appelle ? Je l'appelle Ma Nick, elle adore ça....

Alors l'histoire est troublante et mérite que je la raconte. un amour de lycée vers 16 ou 17 ans, qui dure une année et qui sombre en aléa de la vie. L'homme part qu Québec (là où ça commence par un cul et où ça finit par un bec , un bécot peut-être ... Charles boit ! les ailes d'un ange.

Et puis il en revient du cul et du bec , il appelle la belle mais celle ci vit avec un autre alors elle refuse l'invitation de l'amour. Et là, plus de dix ans après, seule, en proie de se sentir vieillir, dans le je me sens vieille, je me sens grosse je me sens moche, elle outrepasse ses limites et se décide à appeler son Roméo du sans hasard...

Voilà la belle histoire qui depuis le début de la semaine m'émeut.... d'autant plus que cet amie a été victime d'attouchements dans sa jeunesse.

Je kiffe ce scénario , plus beau que tous les blockbusters cinématographiques américains réunis. C'est la vraie vie. Et Putain, je kiffe....!

Alors est-ce qu'elle lui a sucé le sguègue, est ce qu'il lui a brouté le minou ? Voyez que c'est secondaire. Enfin moi, je ne préfère ne pas savoir....

xTian / Rainbow - 24022021 - 47
de 12 - belle histoire

CINQUANTE FRAGRANCES DE RIRE

A la manière de Pierre Louÿs seigneur du mettre
en prose dans le zéro tique, je continue ici le récit
casanovien de mes conquêtes spacieuses dans
le champ du délire le désir. Partie quatre d'une
partition jouée à deux que je vous délivre dans
un paragraphé puisqu'à balancer la salade en son
entièreté elle pourrait vous indigestionner. Likez
moi d'autant pour que d'un segment à l'autre du
texte j'ai matière à connaître le plaisir décent
qui vous gouverne. Serviteur du plaisir je tiens
à vous serrer de mots autant que de mes bras.

L'homme à muse ou les mâles heures de Sophie...

Avertissement : je couche sans dans
l'amour le faire, ce qui ne signifie pas
qu'il n'y en a pas, bien au con traire !

Te répondre queue... c'est grandi dans l'éloquent.
Comme tu me le dis, je t'ai prise toute - puisque
entière dans le propos - je t'ai prise toute et même
un peu plus de ce que ton attente se mesurait

d'un pas autant ! Entière mais pas toute avec
cette interrogation, du doute que queue si scie,
non non !. Te sens tu acculée ? Dans le vas-
y voir comme je te pousse pour lequel tu ne te
fais pas prier, j'ai souvenir d'un épisode où tu
avançais t'être soumise à l'épreuve de la flute. Tu
y évoquais le malaise sincère d'une exhibition
sans appréhender à l'époque le rapport de lien qui
s'entretenait dans l'exercice d'une proposition
de fellation. Ce genre de propositions qui sont
toujours malhonnêtes surtout quand elles
sont collectives et que la tournante psychique
pubertaire ne fait qu'éclore. Plus d'une fleur
des champs en bord de chemin, est éclaboussée
du stupre de l'indigence bananière. A libérer
les femelles, il eut été bon d'éduquer les mâles.
Et tu en es à retisser la toge des innocences
perdues, c'est un beau costume quand on
le pare du sérieux de la chose aimante.

Maintenant que tu louches sur moi pour forcer la
porte de mes secrets éperdus, c'est moi qui peut-
être aurait malaise à plus me dévoiler. Les traits de
la pudeur barrent parfois les pensées osées. C'est
le jeu des donzelles et des gardons que de souffler
le chaud et le froid sur les braises ramollies du
plaisir. En te dépliant dans tes aventures mes
ailes se sont ouvertes et l'étalon volage est sorti
de la curie dans laquelle il se tenait. Tu décris si
bien ce que tu ressens dans les formes de mon
langage que tu ajoutes du trouble au mien et

que l'échelle de riches heures sur laquelle nous funambulons de la corde raide et du fil à délier, s'enrichit de jour en jour d'un nouveau palier. Toi aussi, dans l'entrefilet du dialogue, tu confesses ta pudeur. Pudeur désirante qui voyage dans ton corps comme pour me donner loisir de le visiter comme le palais de tes intentions. D'un tendre baiser tu m' émascules ! Et le feu du cercle de mes joues darde de son unique rayon. Ainsi tu me sacrifies sur l'autel de ton temple sacré. "Vois ici, à l'étage , l'âme réside". Ici plus bas, c'est une tension supérieure, le sein du saint qui s'agite en riant. Et nous descendons - restons croupé ? - dans les parties communes, le chant qui monte des caves ressemble à celui de Dyonisos. Lent faire est damné de ma ferme intention quand en bout de ligne tu laisses poindre ta culpabilité désirante au lieu des pulsions inférieures. Quelle cuvée subtile vas tu me déboucher ô muse ? Dans la suite l'or git...

L'ÊTRE D'AMOUR COURTOIS

J'ai percé votre hymen
Et vous êtes vœu nu
En bonheur phénomène
Dans le non parvenu
Je vous sais monotone
En couche d'autrefois
Mutine de l'automne
A dormir dans mes bras.
Votre langueur extrême
Et vos poses lascives
Attise mon je t'aime
Sur le bord de vos rives.
Je me souviens de vous
D'une photo jaunie
En faveur de beau cou
Enivré de l'ennui.
En lisière de gorge
Vous êtes à l'abandon,
Serai-je le roi Georges
De ce monstre dragon ?
Je ne puis vous occire
En fée de religion,

J'aime la bête et le queer
De toutes vos passions !
Ainsi ma mie prenez
Le temps de vous faire belle,
Pour venir au printemps
Jouer les hirondelles.
Je serai là présent
Comme un drôle de gâteau
Cerise entre les dents
J'avalerai le morceau !
Vous serez bien ma chère
Et fière d'être catin,
Balance de rocking-chair
En fleur de satin !
Et dans le nonchalant
De toutes nos parures,
Je serai le manant
De votre créature.
Et sur les peaux de bête
Dans le petit matin,
Vous hocherez la tête
Pour mon prince de rien.
Et quand l'hiver viendra
En profondeur de rides,
Vous ouvrirez vos draps
A ma chaleur cupide !
Pensons dès à présent
Que vous êtes cuspide !
A prendre du bon temps
Comme un jeune Euripide…
Et soigner votre flanc

Est un honneur sublime
Je rêve de ce gant
Et de sa main en prime !
Voulez-vous m'épouser
Pour que je vous sublime ?
Donnerai-je le baiser
Aux flammes de l'intime ?
J'attends votre réponse
Car je suis en émoi,
Si vous étiez absconse
Je serai…chocolat !

Tian – 12042020

QUATRAIN DU MATIN

Un renne beau
Une reine belle...
Ce sera toi
Si tu es mienne...

Tian/Rainbow - 26022021 - 13 de
7 - Mes poèmes arc en ciel

QUATRAIN DU SOIR

Tout au dessus de tes dessous
ta sueur perle...
Montre moi ton froufrou
et ton monde si frêle...

Tian - 26022021 - 17 de 21

CAS TRAIN DE NUIT

je suis l'oiseau qui vole
et dans ton cul, je caracole.

Tian - 27022021 - 17 de 3

QUATRAIN DU MATIN #2

Tu seras ma Shakti
Je serai ton Shiva
dans le coeur de la nuit
et tout au fond des draps...

Tian - 27022021 - 8 de 8

SI T'AS SION

"La femme est la nature même de l'esprit".

Tian - 27022021 - 9 de 8

*Sion : nom de la Jérusalem Céleste :-)

QUATRAIN DU MIDI

Tout au bord de la couche
Elle me suce le gland,
Je lui baise sa bouche
en amour de géant....

Tian - 27022021 - 5 de 12 - Mes poèmes arc en ciel

LE CUL DE BOUDDHA

« Tout ce que nous sommes provient de nos pensées. Avec nos pensées, nous créons le monde. » Bouddha

le Son du Silence explore le phénomène musical et social grandissant que sont les chants méditatifs, les mantras. Le film partage l'histoire de personnes qui trouvent guérison et paix intérieure en chantant ces mantras en groupe.

Au-delà des barrières religieuses, c'est un film sur la spiritualité, sur ceux qui se reconnectent à leur véritable moi intérieur et avec leurs pairs. En parallèle, nous rencontrons des musiciens qui les ont inspirés et rassemblés. Au travers de ces rencontres, nous découvrirons le cheminement de ces artistes vers cette pratique méditative et du Kirtan et comment elle a également transformé leur vie.

QUATRAIN DE SIESTE DOMINICALE

je vous attends ici
soyez donc religieuse
l'amante bien farcie
en Dim hanche de cul rieuse...

Tian - 28022021 - 48 de 12 - les poèmes arc en ciel

QUATRAINS DE NUIT

Envie de me lover, dans tes bras dans tes seins,
je suis énamouré des plaisirs de demain.
Je te prends au bassin, je me cabre à présent,
en ton souverain bien, hauts désirs indécents.

En Angkor et encore dans ton temple d'amour,
pour renaître en ton corps en zizi de toujours.
Seras tu ma Rainbow en plaisir de délit ?
Chamane du Très Haut en désir de mon lit ?

Tian - 28022021 - 44 de 14 - Mes
poèmes arc-en-ciel

MATIN QUATRAINS

Un lové langoureux, une phrase qui traîne,
un baiser qui se meut, une grâce certaine.
Quels sont donc ces beaux yeux,
qui me frisent la laine
Serai-je le mouton d'un nuage en haleine ?

Dans le lever du jour, je me tourne vers toi
A la cuisse ou autour, je presse mon endroit,
Je t'attends réveillée pour te mettre mon doigt,
Pour me cuire à ton four, en déjeuner de foi...

tian - 01032021 - 51 de 5 - Mes poèmes arc-en-ciel

BONDING, SÉRIE NETFLIX

Comment raconter sans spoiler la série NetfliXXX "Bonding" ? Dur challenge !

Un humour des cas laids ! une étudiante qui veut devenir analyste (ça me plait !) et qui s'adonne à la maîtrise des soumis la nuit. Un amoureux transi la rejoint en body guard sans version de Kevin Coïtnerf !

Le rapport dominant dominé (et domine haut minette) n 'est pas dans les scènes édulcorées des séances mais plutôt dans le relationnel entre amis de fac, Maîtresse May et Carter (c'est un pseudo comme sur NL :-) en pleine phase de coming out....

Dans le premier épisode, on taquine le complexe de la petite bite, jusqu'à l'éjaculation faciale , dans la dimension du zizi cochonou versus la tendance vegan du végéte à rien.

Les épisodes sont d'une durée précoce. Maîtresse May encourage son petit carter (anti-projection sur la belle !) . Dans le deuxième épisode, tout concoure à la prise de pied . Et l'humour est ravageur :

"tu as fait jouir mon coeur !
tu as fait jouir mon âme " répond la belle….

Comme quoi la poésie n'est pas absente !

Ensuite vient un cours où l'on cite Freud
(j'adoube ! je kiffe et kikiffe !) .

Les scènes se succèdent, il faut suivre et être alerte. Dans ce contexte , tout geste prend sens, ne serait ce qu'un toucher de bras impromptu…

Jusqu'à l'ondinisme juvénile. Juvénile parce que la série est tourné en soft de la nudité et en crudité de quelques mots. Mais aussi parce que les plans séquence rappellent des séries pour ados du type Hélène et les Glaçons…

La corruption sociétale s'immisce à coup d'exposés sur les romans familiaux. Toutes les ferveurs et faveurs sont bonnes à prendre.

Mais le glissement progressif du plaisir atteint tous les personnages de la série. D'une ancienne camarade de lycée percluse de solitude au coloc volontaire pour le doigté de la prostate. Entre temps on apprend que nos deux héros ont couché ensemble dans une défaite à la waterloo. Ignorance de la localisation du clitoris jusqu'à la tendresse midinette d'une femme qui ne sent pas objet avec un gay en proie aux affres de la possibilité du coming out.

Et quand l'amante surprend la scène de la prostatisation, Carter se reçoit une baffe mémorable. Touche pas à mon mec !

FOUTRERIES D'ESCARPIN

A vrai dire, ce n'est pas un domaine que je connais très bien et il m'est même plutôt carrément étranger d'être plus naturaliste qu'autre chose. Alors mon rêve de cette nuit est sans doute du à ma fréquentation d'un site...

Je me retrouve en interrogation sur la géométrie de l'objet escarpin, aurai-je l'estomac dans l'étalon ? Je crois bien que oui. Alors je lorgne le dit talon , au bas mot de dix centimètres et il m'apparaît comme le promontoire d'un possible. A bien monter le long du corps, je m'aperçois que la chose relève le cul , j'en prends acte pour le mien, et m'imagine avec une Barbie on the Rocks. La chose semble faciliter la monte par derrière. Alors je m'élève encore, en sensation de reins cambrés, à la va comme je te pousse alors que tes mains s'appuient aux murs de nos délicatesses...

Et nous restons perchés en conscience de la magie d'un instant...

BAR À CÂLINS JAPONAIS

quelque chose qui en dit long sur les solitudes modernes. En même temps (macronien) c'est plutôt sympa...

https://youtu.be/L2vU_N3mNwM

vidéo en anglais...

Depuis le 25 septembre 2012, tous les hommes - célibataires de préférence - peuvent donc s'allonger aux côtés d'une hôtesse déguisée en écolière ou en nuisette pour quelques dizaines d'euros. Comme l'explique le bar, il ne s'agit en aucun cas de prestations sexuelles ni de proxénétisme quelconque. Seuls les câlins sont autorisés dans ce bar de Tokyo.

Outre le fait de pouvoir dormir aux côtés d'une fille, le client peut s'offrir des prestations supplémentaires telle que se regarder dans les yeux pendant 1 minute pour 10 euros, voir la fille se changer pour 10 euros, faire un gros câlin pendant 3 minutes pour 10 euros ou encore la fille dort avec la tête sur les cuisses du client pendant 3 minutes pour 20 euros.

Le succès du bar à câlins au Japon semble avoir fait des émules du côté américain et français puisqu'un comptoir à câlins aurait ouvert ses portes à Paris en plein cœur du 6e arrondissement pour fêter la Saint Valentin (du 13 au 15 février 2014 uniquement). Des établissements du même genre auraient déjà ouverts leurs portes en Californie et dans l'État de New-York.

SEX BODY MASSAGE

Tu es nue sur le lit des hasards de la volupté, tu as choisie d'être bandée ou pas, et je procède à une séance de sex body massage. Alors mon sexe en demie molle et quelque peu huilé commence son périple sur tes courbes, et des pieds à la tête, tu subis les caresses de l'objet qui durcit peu à peu. Longs passages en douceur et petits arrêts de frottements dès que la géographie s'y prête.

Mon gland commence à perler et s'amuse à étendre son émoi sur ta peau fine. Je te badigeonne, te retourne comme pour te préparer avec les petits oignons de ma fantaisie. Mes bourses sont pleines et te le font bien sentir en t'effleurant. Par instants je me pose, tu ressens alors mes contractions périnéales, un petit coeur bat dans ma queue , et tes mains viennent parfois saisir mes bras ou mes jambes pour m'indiquer qu'à cet endroit je dois me montrer plus insistant....

Le sex body massage c'est un peu comme les virus, les variants sont légion et fonction des désirs ; avec ou sans pénétration, finition totale ou formule économique, le service trois pièces est compris....

LE SIROP

Je vous convie donc à regarder cette petite vidéo d'Arte.TV , sur le sirop de corps d'homme? c'est très fun et prend le contrepied de la pornographie galopante....

https://www.arte.tv/fr/videos/094356-001-A/libres/

voici le pitch

Stop aux diktats sexuels ! Ovidie et Sophie-Marie Larrouy déconstruisent les idées reçues et proposent de faire ce qu'on veut, comme on veut, uniquement si on veut. Dans cet épisode : bon pour la santé, antirides, antidépresseur et autres théories sur les prétendus bienfaits du sperme. D'après la bande-dessinée « Libres ! Manifeste pour s'affranchir des diktats sexuels » de Ovidie et Diglee - Editions Delcourt, collection Tapas.

Le sperme serait bon pour la peau, antirides, antidépresseur, riche en vitamines. Il stimulerait le système pileux et protègerait du cancer du sein… Nous sommes pourtant bien d'accord que si les effets étaient aussi positifs que cela, les hommes, qui ont la pompe à disposition,

s'en feraient des masques et des tartines.
D'où vient cette obsession maladive pour le sperme ? Quiconque s'est déjà rendu sur un site porno gratuit a été bombardé de pubs pour du Viagra ou autres gélules censées augmenter la quantité de sperme. Mais à quoi ça sert ? À augmenter le plaisir ? Non. À augmenter la fertilité ? Non. À faire plaisir aux partenaires ? Non plus… Je vous convie donc à regarder cette petite vidéo d'Arte.TV , sur le sirop de corps d'homme? c'est très fun et prend le contrepied de la pornographie galopante….

https://www.arte.tv/fr/
videos/094356-001-A/libres/

voici le pitch

Stop aux diktats sexuels ! Ovidie et Sophie-Marie Larrouy déconstruisent les idées reçues et proposent de faire ce qu'on veut, comme on veut, uniquement si on veut. Dans cet épisode : bon pour la santé, antirides, antidépresseur et autres théories sur les prétendus bienfaits du sperme. D'après la bande-dessinée « Libres ! Manifeste pour s'affranchir des diktats sexuels » de Ovidie et Diglee - Editions Delcourt, collection Tapas.

Le sperme serait bon pour la peau, antirides, antidépresseur, riche en vitamines. Il stimulerait le système pileux et protègerait du cancer du sein… Nous sommes pourtant bien d'accord que si les effets étaient aussi positifs que cela,

les hommes, qui ont la pompe à disposition,
s'en feraient des masques et des tartines. D'où
vient cette obsession maladive pour le sperme ?
Quiconque s'est déjà rendu sur un site porno
gratuit a été bombardé de pubs pour du Viagra
ou autres gélules censées augmenter la quantité
de sperme. Mais à quoi ça sert ? À augmenter
le plaisir ? Non. À augmenter la fertilité ? Non.
À faire plaisir aux partenaires ? Non plus…

LE BONHEUR DE TON CREUX

Viens donc te promener
en nature d'hiver
au solstice des fées
et des dieux de la terre.
Nous choisirons un arbre
et graverons notre amour,
comme si c'était du marbre
à bien faire la cour...
Je te prends dans mes bras
pour que tu me câlines
en jour d' etcetera
du soleil qui domine.
Et tu seras la lune
de mes joies sans tourments
dans l'avenir des runes
Je suis incandescent.
je brûle de mille feux
en passion d'accomplir
le bonheur de ton creux
où je viens me gésir.
Et je te ferai reine
de tous tes vieux printemps

dans le sillon des veines
provoquées par le temps.

réf. 20122020 - 12 de 5

L'AMOUR CONFINÉ

En imposant de nouvelles normes de distance physique, la pandémie nous a éloignés les uns des autres : baisers, embrassades et rapprochements physiques sont tout d'un coup devenus tabous. Pour fêter dignement la Saint-Valentin, "Tracks" consacre une émission entière à ces contacts, amoureux ou charnels, qui nous manquent tant.

Astuces sentimentales
Qu'il s'agisse de faire le premier pas, de flirter ou de rompre, l'amour est loin d'être facile. Pour y voir plus clair, Tracks demande conseil à une belle brochette d'artistes. Michael Stipe et Rich Brian dévoilent leurs stratégies pour un premier rendez-vous. Ashnikko explique comment surmonter un chagrin d'amour. Tandis que Blondie et Drangsal nous révèlent comment impressionner l'élu.e de son cœur.

Métiers du sexe et distanciation sociale
Depuis le début de la pandémie, les travailleurs et travailleuses du sexe ne peuvent plus exercer leur métier dans des conditions normales. Si certain.e.s offrent désormais leurs services via Internet, la majorité lutte pour

sa survie économique. Quid de la précarité des professionnel.le.s du sexe sur la scène alternative ? Et quelles stratégies déploient-ils pour s'en sortir malgré la crise sanitaire ?

Donté Colley – Amour de soi et empowerment
Le danseur Donté Colley est un chantre de l'amour de soi et de l'autonomisation. Ce Canadien de 23 ans publie sur Instagram de courtes séquences de danse, assorties d'émoticônes ou d'effets simples et de commentaires qui font du bien au moral. En période de confinement, ses vidéos baignées d'énergie et de messages positifs ont été une source bienvenue de dopamine !

Effeuillage underground à Los Angeles - Shakedown
A l'orée des années 2000, les soirées Shakedown étaient une institution sur la scène lesbienne underground de LA, que la réalisatrice Leilah Weinraub a eu à cœur d'immortaliser. A partir de plus de 400 heures d'enregistrements en mode lo-fi, elle a signé son premier film ; présenté en première mondiale à la Berlinale en 2018, il a été projeté tout récemment au MoMA.

Bedroom Session : Marshall Vincent
Marshall Vincent chante admirablement le blues des grandes villes. Le New-yorkais marie avec brio des rythmes folk, soul et électro, parfaitement en phase avec l'amosphère qui domine en cette période d'isolement propice

à la mélancolie. En exclusivité dans Tracks :
une performance de Marshall Vincent chez lui
à Berlin, dévoilant ses dernières créations.

SLOW SEX

Le livre à commander rapido !

La sexualité conventionnelle, orientée
vers l'orgasme, peut certes apporter une
satisfaction momentanée, mais sur la durée,
elle peut devenir mécanique et ennuyeuse.
Pour aller vers une satisfaction plus profonde
ou redonner vie à une sexualité déclinante, les
trois auteurs de ce livre invite ici les couples
à vivre l'acte sexuel en pleine conscience.
Au fil des pages et d'exercices pratiques, ils
proposent de découvrir comment la sexualité
en conscience augmente la sensibilité et la
vitalité sexuelle, et comment, par sa capacité
à restaurer et à générer l'amour, elle est
une sexualité véritablement aimante.

Un livre qui invite à faire l'amour autrement,
à ralentir, à se détendre, à se libérer des
pressions imposées par notre conditionnement
et à remettre en question les idées
communément admises sur la sexualité.

Points forts
Un regard sur la sexualité totalement
nouveau, et profondément libérateur.

Un livre pratique avec :
- Des exercices pour démarrer son exploration
de la sexualité en pleine conscience.
- Des témoignages de personnes engagées dans ce
processus de transformation de leur sexualité.
- Des encarts résumant les points
clés et des illustrations.
- Un livre de référence sur le sujet : fruit
des recherches et de l'expérience intime
des auteurs depuis 30 ans, et des retraites
pour couples qu'ils animent.

JE T'ATTENDS

Couché
Agité
Je t'attends.
Chair de poule
Et frissons
Je t'attends.
Sensoriel
Dans le rêve
Je t'attends.
Sensuel
Et sans verbe...
Je t'attends...

DU TANTRA
(PAR OSHO)

Si tu es conscient
Tu réaliseras que l'amour n'est
pas seulement le sexe
Le sexe est la couche extérieure
A l'intérieur il y a l'amour
Encore plus à l'intérieur il y a la prière
Et plus encore à l'intérieur il y a le divin
Le sexe peut devenir une expérience cosmique
Alors on l'appelle Tantra.

Osho

SPÉCIAL SLOW SEX

14/02/2023 : rencontre
18/03/2023 : premier clin d'œil
25/03/2023 : petit baiser au bord des lèvres
01/04/2023 : première galoche
08/04/2023 : début des attouchements
23/04/2023 ; début des préliminaires
(à retarder éventuellement avec un séquence
de strip-tease, c'est encore plus meilleur !)
30/04/2023 : début de la fellation
06/05/2023 : début du cunnilingus
(adapter vos préliminaires selon vos
goûts : annulingus, doigt dans le fût,
mains entre les caisses...)
20/05/2023 : début de la pénétration
27/05/2023 : ça tape "au fond"
03/06/2023 : premier orgasme de la partenaire
10/06/2023 : deuxième orgasme de la partenaire
17/06/2023 : éjaculation précoce !

Merde , faut tout recommencer depuis le départ !

PROTECTION
DE JOIE

Première Semaine: Préparation

Première Étape: Pendant les sept premiers
jours: assis ou allongé sur un lit, éteignez
la lumière et soyez dans l'obscurité.

Deuxième Étape: Rappelez-vous un bon moment.
Rappelez-vous n'importe quel beau moment
que vous avez éprouvé dans le passé. N'importe
quel beau moment, choisissez simplement
le meilleur. Il peut être très ordinaire…
parce que parfois les choses extraordinaires
arrivent sur des terres très ordinaires.

Vous êtes juste assis immobile, ne faisant rien
et la pluie tombe sur le toit. … l'odeur, le son …
vous en êtes entouré et il y a un déclic, vous
êtes dans un moment sacré. Ou bien un jour,
marchant le long de la route, soudain la lumière
du soleil tombe sur vous d'entre les arbres… et, le
déclic, quelque chose s'ouvre. Pendant un instant
vous êtes transporté dans un autre monde.

Une fois que vous avez choisi la situation,

continuez pendant sept jours. Fermez juste vos yeux et revivez-la; entrez dans les détails. La pluie tombe sur le toit... les gouttes, floc, floc... le son... l'odeur... la texture même du moment... un oiseau chante, un chien aboie... une assiette tombe, le bruit.

Entrez dans tous les détails, de tous les côtés; multi dimensionnellement, de tous les sens. Chaque nuit vous constaterez que vous entrez dans des détails plus profonds, des choses que vous avez même pu avoir manquées dans le moment réel, mais que votre mental a enregistré. Que vous manquiez le moment ou pas, le mental continue d'enregistrer.

Vous viendrez à ressentir des nuances subtiles que vous aviez éprouvé et dont vous n'étiez pas conscient. Lorsque votre conscience est focalisée sur ce moment là, le moment sera là de nouveau. Vous commencerez à sentir de nouvelles choses. Vous viendrez à reconnaître de façon soudaine qu'elles étaient là mais vous les aviez manquées à ce moment là. Mais le mental enregistre tout cela, c'est un serviteur très très fiable, immensément capable. Au bout du septième jour vous serez à même de voir ce moment là si clairement que vous sentirez que vous n'avez jamais vu de moment réel aussi clairement que celui là.

Deuxième Semaine: Un Climat de Joie

Troisième Étape: Après sept jours continuez à faire la même chose, mais en ajoutant une chose. Le huitième jour, sentez l'espace autour de vous; sentez le climat qui vous environne de toute part, jusqu'à quatre vingt dix centimètres. Sentez juste une aura vous entourant à ce moment là. Au quatorzième jour vous serez presque capable d'être dans un monde totalement différent, bien que conscient qu'au delà de ces quatre vingt dix centimètres, un temps totalement différent et une dimension totalement différente sont présents.

Troisième Semaine: Vivez le Moment

Quatrième Étape: À la troisième semaine, quelque chose plus doit être ajouté. Vivez le moment, soyez-en entouré et maintenant, créez un anti-espace imaginaire.Par exemple vous vous sentez très bien; sur quatre vingt dix centimètres, vous êtes entouré par cette bonté, cette divinité. Pensez maintenant à une situation, quelqu'un vous insulte mais l'insulte arrive seulement jusqu'à la limite. Il y a une barrière et l'insulte ne peut pas entrer en vous, elle arrive comme une flèche ... et tombe là. Ou encore, souvenez-vous d'un moment triste, vous avez de la peine, mais cette tristesse arrive au mur de verre qui vous environne et s'arrête là, elle ne vous atteint jamais. À la troisième semaine, vous serez à même de voir, si les deux premières semaines se sont bien passées, que tout arrive à cette limite de quatre vingt dix centimètres et que rien ne pénètre en vous.

Quatrième Semaine: Portez cette
Aura partout là où vous allez

Cinquième Étape: À partir de maintenant
continuez à garder cette aura avec vous;
en allant au marché, en parlant aux gens,
ayez la continuellement à l'esprit.
Vous serez énormément ravi. Vous irez dans
le monde en ayant votre propre monde, un
monde privé, continuellement avec vous.

Cela vous rendra capable de vivre dans le présent,
parce qu'en fait, vous êtes continuellement
bombardé par des milliers et des milliers de
choses et elles attirent votre attention. Si vous
n'avez pas d'aura protectrice autour de vous,
vous êtes vulnérable. Un chien aboie, soudain le
mental est attiré dans cette direction, le chien
entre dans la mémoire et vous avez de nombreux
chiens en mémoire, depuis le passé. Votre ami
a un chien, maintenant du chien vous passez à
votre ami, puis à la soeur de l'ami, de qui vous
étiez tombé amoureux. Maintenant tout le non-
sens commence, l'aboiement de ce chien était
dans le présent, mais il vous a mené quelque part
d'autre, dans le passé. Il peut vous mener dans
l'avenir, qui peut dire ? N'importe quoi peut vous
mener à n'importe quoi, c'est très compliqué.

Ainsi l'on a besoin d'un entourage, d'une aura
protectrice. Le chien continue à aboyer, mais vous

restez en vous, posé, calme, tranquille et centré

Cinquième Semaine: Lâchez l'Aura

Sixième Étape: Gardez cette aura pendant quelques jours ou quelques mois. Lorsque vous constatez que maintenant elle n'est plus nécessaire, vous pouvez la lâcher. Une fois que vous savez comment être ici et maintenant, une fois que vous en avez aimé la beauté, son bonheur énorme, vous pouvez lâcher l'aura.

Osho, Extrait de: Be Realistic: Plan for a Miracle

CLAIRMARAIS

- Etang de Clairmarais,, Nord - 12052021 -
par Christian Vidal alias Papy Rainbow

Pour la petite histoire, le village de Clairmarais
se situe dans la banlieue de la ville de Saint
Omer , haut lieu du maraîchage, et patrie
originaire de la famille Simpson....

dans la petite chanson ci-dessous,
on peut avantageusement remplacer
Camaret par Clairmarais....

Paroles de la chanson Le Curé De
Camaret par Chansons Paillardes

Le curé de Clairmarais a les couilles
qui pendent. (bis)
Et quand il s'assoit dessus
Elles lui rentrent dans le cul....

PETITES ANNONCES

- Nounours : Cherche cuisses de grenouille. Rayures bienvenues...

- Abbé Souris : Cherche bain de jouvence avec femme de chœur. Bénédiction gratuite.

- Homard sans casier : Cherche petite crevette innocente...

- Homme arc en ciel : Cherche nouvel horizon...

- Garçon un peu tarte : Cherche tropézienne sur le retour.DLUO sans importance ...

- Obsédé textuel : Recherche femme de caractères.

- Petit champignon comestible : Cherche sa clairière de lichen...

- Sérénade : Cherche balcon.

- Tee-shirt mouillé : Cherche Miss Seau d'eau...

- Jean-Foutre cherche Marie-Salope...

- Spécial Peaux-Rouges : Soleil

Couchant Cherche Lune De Miel.

- Capitaine Hard Cock : cherche moule a gaufres. Bachibouzouks s'abstenir.

- Virus du Covid : Cherche bactérie sympa pour faire co-plein co-plein..

- Petite folie : Cherche petit grain de fente easy

PETITES ANNONCES 2

- Besoin d'amour à fleur de peau : Cherche plan marketing pour arriver a ses fins. Foodamour bienvenue...

- Rantanplan : cherche psychomotri-chienne pour rééducation sentimentale.

- Cul bénit : cherche goupillon !

LAPANT DES MIES (SPÉCIAL COVID !

Lappant des mies !
Je suis un vit russe
Diabétique vacciné
Cherche moule humide
Pour épancher sa soif de l'autre
Speed sex bienvenue
Lieu indifférent
En mutisme ou convivialité
Selon ce que vous préférez
Dépêchez vous
Ma langue es pendante
Je suis le fils du loup de Tex Avery
C'est a vous de voir mesdames
Monsieur peut regarder
Madame peut gémir...

CHTITE ANNONCE

Je cherche une soumise
Je vous régale raie
Au cœur de l'entremise
Veuillez vous avouer...

A L'AUBE DU PÉCHÉ...

Et ainsi vos yeux brillent
Et vos lèvres sont gourmandes
Serai-je camomille
Pour notre sarabande ?

Je ne crois pas ma mie
Pouvoir vous endormir
À l'orée de mes nuits
Je vous vois bien jouir.

Et au petit matin
Tout baignés d'onde claire
Perdus dans le satin
Des festins de l'éclair.

Nous irons à confesse
Et à mieux communier
En parfum d'allégresse
De nos agenouillés.

Voyez-je suis frivole
Et je cours le pécher
Inondé d'une fiole
Que bon Dieu a créé.

Dans le gorgé du sang
Des passions de l'an neuf

Serai-je le galant
Si vous étiez ma meuf !

réf.19122020 - 30 de 10 - From
Tian (alias Rainbow)

MENTIONS LÉGALES

Noiram et Tian
Spécial saint Valentin
Editions zibouk syntem gmail.com
Isbn 979-10-93697-93-2

9 791093 697949